놀듯이
쉬듯이

놀듯이 쉬듯이

초판 1쇄 인쇄일 2024년 11월 27일
초판 1쇄 발행일 2024년 12월 7일

지은이 우인혜
펴낸이 양옥매
디자인 표지혜 송다희
마케팅 송용호
교 정 조준경

펴낸곳 도서출판 책과나무
출판등록 제2012-000376
주소 서울특별시 마포구 방울내로 79 이노빌딩 302호
대표전화 02.372.1537 **팩스** 02.372.1538
이메일 booknamu2007@naver.com
홈페이지 www.booknamu.com
ISBN 979-11-6752-543-7 (03800)

놀듯이
쉬듯이

우인혜

시집

책과나무

시인의 말

요즘 들어 '놀멍 쉬멍'이라는 제주도 말을 자주 떠올린다. 이제 곧 정년퇴직을 앞두고 '놀면서 쉬면서' 잘 살아야 할 시점이라 그런 듯싶다. '허송세월'하느라 바쁘다는 모 작가처럼 나도 퇴직 후에는 놀고 쉬느라 분주해질 모양이다. 한 직장에서 햇수로 30년 세월을 보내고 새로운 세상으로 나아가야 할 무렵. 무언가 표징을 남기고 싶어서 이 시집을 묶는다.

두려움과 설렘이 교차하는 경계선. 그 선을 넘고 난 후 남은 세월에 제일 하고 싶은 것이 무엇일까를 자문해 본다. 역시 시를 가지고 노는 일이다. 시를 쓰고 읽고 낭송하고 그려 내고 시화를 전시하고 유튜브에 담고 문우들과 문학 기행을 떠나는 등 절로 미소가 지어진다. 이런 의미에서 퇴직 기념 시집을 편찬하는 이 작업은 마무리 의미라기보다는 새로운 2막을 출발하는 행복한 각오나 다짐일는지도 모른다.

전자책이 만들어지는 지금의 추세에 발맞추어 종이책

과 전자책 두 가지 형태로 시집을 제작해 준다는 출판사가 있어 그리하기로 했다. 1부에서는 '내면을 바라보며', 2부에서는 '살아가는 이야기' 3부에서는 '길 떠나 만난 그곳에서'로 내용을 나누었다. 첫 시집 『시를 그리다』(2012)에 실린 작품 중 디지털 파일로 남기고 싶은 시를 몇 편 골라 주제에 맞게 재수록했다. 1부 중 「폐경을 맞이하는 독백」, 「노안」 그리고 2부 중 부모님 죽음과 관련된 「거미의 은퇴」, 「성묘 가던 날」이 그것이다. 2000년부터 25년 남짓 우리 부부의 새벽 명상을 이끌어 주고 있는 국선도! 도(道)와 관련된 마음 수행의 시들도 이번 시집에 함께 담을 수 있어서 흐뭇하다.

나이 들어가면서 '오유지족(吾唯知足: 나는 오직 만족함을 알 뿐이다)'이라는 말이 점점 좋아진다. 맑은 물 한 잔으로도 마음까지 넉넉히 채우며 살아갈 수 있는 내려놓음이어서. 사랑하는 나 자신과 남편 이진우 님, 첫째 이지원 님과 가족들, 둘째 이동원 님, 지인들 모두가 각자의 소명을 다 이루고 행복한 삶을 잘 살아가기를 빌어 본다. 일어나는 모든 일에 감사하면서.

2024년 11월
우인혜(선숙) 씀

차례

2부   살아가는 이야기

3부 길 떠나 만난 그곳에서

1부

내면을

바라보며

반신욕 예찬

반쯤은 몸을 담그고
반은 빼내는 경지
그걸 중도라 하는 이도 있었지

가까운 사이여서 더욱
깊숙이 찔려 오는
옛날의 상처

때론 억울하기도 하고
때론 미운 마음 응어리져
온몸이 바스러지던 시절

따스한 욕조에 앉아
반쯤은 덜어 내고
반쯤은 도로 건지며

눈에서 나오는 물과
코에서 나오는 물을
두루두루 휘저어

용서라는 명약 빚어내고
망각의 불로초 키워 내며
온화하게 움터 오는 생명

양수에 담겨 있는 태아처럼
날마다 새롭게 길러지는
자궁 속 쉼터가 늘 곁에 있었지

폐경을 맞이하는 독백

몇 달을 거르던 달거리가 터지니
황송하네

젊음이 한밑천이던 시절
성가시던 만원 통근버스의 생리통

명퇴당한 친구 몇몇은
자궁을 떼어 버리고는

거참 시원하다며
자글자글 웃네

지정석까지 마련된
무료 전철을 타고

직장을 벗어나 달리는
노인들의 세계로

폐경 즈음
붉은 황혼빛

물음표를 달아맨 이정표가
길목에 서 있네

골다공증 막아 준다는
여성 호르몬제 세어 들고는

그래도 아직 이달까지는
여자일 수 있어서 다행이네

노안

안경을 곁에 두는 것은
이제 뵈지 않던 것을
봐 가며 살려 하기 때문이지

나이 들어 바로 뵈기 시작하는
젊은 날 나 아닌 것들

깊은 강물 속 숨어 흐르는 물살같이
오랜 삶 뒤에 찾아오는
무감각했던 느낌 따위들

무심코 걷다 밟아 으깨진
은행알에 대한 미안함

새벽녘 산책길에서 주운
한 움큼 밤톨에 대한 고마움

까맣게 탄 산등성이를
어느새 푸르게 덮어 버린
새순에 대한 대견함

햇살 한가로운 대웅전 앞뜰
네 다리 뻗고 잠들어 있는
누렁이에 대한 부러움

아버지 즐겨 드시던
부드러운 복숭아에 대한
한입 물씬 배어나는 그리움

눈 아닌 맘으로
따스하게 보듬을 수 있는
삶을 사랑하는 법 따위들

쉰 아홉수

이번 나이는 몸으로 먹는가
서른의 마음을 꽁꽁 여미고
긴 세월 늙지 않고 살아왔다 싶은데

쉰 아홉수 문턱에서는
허리며 무릎이 말해 주는 통증이

서른의 화사한 마음을
순식간 흑백으로 칠해 놓는가

예순, 환갑으로 이어지는 길
그 터널 지나고 나면
시간이 그닥 많지 않다고

몸 닦고 마음 닦는 일
부지런히 행하시라고

서른 살 짐 보따리를
일 플러스 일로 챙겨 주면서

제 나이 제대로 배우시라고
철들어 나이답게 살아가시라

온몸 여기저기서 아우성치며
아침저녁으로 살뜰히
몸소 이렇게 일러 주는가

정년퇴임 준비

앞서간 직장 선배
무탈 빌며 다가서던 경계선

그 한계선 넘어서면
세상 속 모든 권위들

오를수록 공허해지는
사실 닮은 허구인 걸

한세상 지나간 뒤
염을 마치듯
무념무상 스쳐 가는 미소

다 되었다 마치라는 말
안도감일까 후련함일까

소용돌이 가라앉히고
멍때리며 멈춰 있는 물

까맣게 잊어버린
지난밤 꿈처럼

담담히 흘려보내고
맑게 깨어 있는 물

이제는 자각몽처럼
꿈과 현실의 경계 어렴풋 알지

만 보 걷기

다리가 제일이라는 말
다리 풀린 아버지
요양 병원 긴 세월을 보고 알았네

다리가 품위라는 말
침대 위의 시아버지
자존심 갈아 채운 기저귀로 배웠네

족저근막염에 뻐근해진 내 발바닥
오대양 육대주 달리던 남편의 무릎 통증

그깟 매일 만 보 채우기로
노년의 강을 잘 건널 수 있을까?

언제부턴가 산책은

여유 아닌 의무가 되고

우리 부부 건강한 두 다리가

가족들 미래 보험이 되어 버렸네

붉은 황톳길

붉은 황톳길을 맨발로 걸었어요
맨살이 축축한 바닥을 견디고 있네요

태어났으니까
살아간다는 건 쉬운 일이 아니니까

부모님을 여읠 때도 붉게
외로운 나를 만날 때도 붉게

매일매일 붉게 타는
황톳빛 여명과 노을로

열렸다 닫히는 일상에서
그래도 건강히 살아 내야 하니까

묵묵히 붉은 황톳길을
맨발로 걸어가고 있어요

이어지고 나아지는
삶의 길을 따라서

어느덧 종착지에 이르면
붉은 황토 말끔히 씻어 내고

날 때 그대로의 살빛으로
모두 자알
떠나갈 수 있겠지요?

꽃샘추위

세탁한 겨울옷 찾아오자마자
다시 시작되는 강추위

좀 더 느리게 사는 법을
배워야 했다

제일 먼저 봄꽃 피워 낸
산수유에게 위로 한마디 건넨다

봄날이 한 걸음 늦게
눈물 찔끔 추위로 담금질하는 건

날카로운 날도 무디게
알아도 모르는 척

화사한 꽃 세상에
덤덤히 맞설 수 있게

쌀쌀맞은 변덕스러움

무심히 잘 견뎌 내는 법

느려도 오래오래

살아 내는 법

한발 늦게라도

한 벌 더 껴입히며 챙겨 주는 거라고

놀듯이 쉬듯이

일이 생겨나면
수습하면 되는 거지

그러다 보면 신나는 일이
어느새 벌어질지 몰라

세상 인연법 빚어낸 일들
우연인 듯 서로가 무관하지 않아

골짜기 곳곳에 엉기성기 자라난
나뭇가지 덤불처럼

화는 행복이랑 절망은 기쁨이랑
얽히고설키어 있네

한고비 넘고 나서
걸어온 길 돌아보면

온통 두려웠던 일에
감사함만 남았을 뿐

곳곳에 닿아 있는
귀인들 인연의 빛은

스스로 사랑하고 싶은
내 안의 나였을지 몰라

고달픈 삶 속에서
간절하던 바람은

내면 깊숙이 숨어들어서
실타래처럼 절로 풀어지는 걸

놀멍 쉬멍 알아채면서
이대로 한평생 살아가면 되지

백미러

앞만 보고 달리지 말고
뒤를 바라보라는 말

과거를 비추어 떠올리면서
어제보다 나은 나날 살아가면 돼

왕복 없이 편도뿐인 삶이니까
어쩌면 목적지가 없는 건지도

부리나케 쫓을 것이 아니라
느긋하게 머물러야 하는 건지도

이미 지나쳐 왔을지 모를
진짜배기 인생을
이제는 천천히 바라보려 해

다른 누구와 빗대기보단
내 지난날과 견주기로 해

행복은
'보이는 것보다 가까이 있다'고
몸과 맘에 늘 새겨 놓고서

얼굴도 앞날도 아닌
아름다운 추억들 담아 놓고서

지금 이 순간 속도 멈추고
있는 그대로를 비추기로 해

이제는 더 이상

이제는 더 이상 염려하지 마

어제저녁 모래밭에
떨며 웅크린 채 서 있던 갈매기 떼

밤새 추워진 날씨로
내리던 빗줄기 진눈깨비로 바뀌고
하얗게 얼음으로 뒤바뀐 새벽

너희들 캄캄한 밤 언저리에서
버티고 살아는 있는 것일까?

몰아치는 세찬 파도와
마구 흔들리는 해송들 춤사위 너머로

반짝이는 아침 햇살을 뚫고

눈부시게 날아오르는

힘찬 생명들의 날갯짓!

고맙다 고마워 공연한 내 기우였어

우주의 흐름 따라

모두들 잘 살아가는 걸

난 그냥 지켜만 보면 되는 거였어

역보살이었군요!

가장 미운 사람이
가장 고마운 사람인 걸

아픔을 겪고 난 후에야
알게 되었네

맏며느리 무거운 봉양 의무를
평생 못 벗어날 위인이었는데

잔꾀 많은 시누이 덕에
자유로운 삶 누리게 된 줄

큰 원망 겪고 난 후에야
비로소 알게 되었네

괘씸해하는 중에는
절대 알 수가 없는

증오에서 감사로 바뀌는
우주 비밀의 순간!

짓밟고 모욕 준 그 인물이
울분의 날밤 새우게 한 그녀가
복수의 칼날 세우게 한 그가

날 성장시키는
스승이었음을

내 길 열어 주는
안내자였음을

느지막이 용서와 사랑이
알려 주었네

메뉴판 사색

문을 열고 들어선
식당 메뉴판 위에

선택을 기다리는
유혹들이 늘어서 있네

내면의 소리 잘 들어야
필요한 양분을 취할 수 있네

몸이 원하고
맘이 원하는 것

맛나게 취하고 나면
세상 부러울 것 없네

설령 잘못 선택해
짠맛 매운맛 되게 맛본 후

후회하는 마음에
고통스러웠을지라도

나름의 대가를 치르고
문을 나서면 그뿐이라네

더 이상의 곡기가
필요치 않을 정도로

허기는 이미
위안받았을 테고

보람처럼
뜨거운 한 술 밥

땀 흘린 한때 기억으로
남겨질 수 있을 테니

전생 1
– 안개

가려진 데에는 다 이유가 있을 거야
굳이 이어질 인연이 아니었던 게지

함께 지냈던 추억들 드러내 보이려 해도
희뿌옇게 흐려진 이 세상에선

안개꽃 무수한 기쁨들마저
엷게 사방 천지로 흩어져 스러진 게지

보이지 않아도 없는 건 아니라고
믿으면 그대로 있을 수 있는 거라고

예지몽처럼 우리 다시 이어 보고 싶었지만
그리도 잊힌 듯 몰라보는 인연이라면

이제 나도 안개 속 세상으로 들어가
없던 일처럼 사는 수밖에

언젠가 아스라이 봄볕 따스한 날
안개 걷힌 듯 확연히 알아볼 수 있을까?

전생 2
– 일출을 바라보며

눈부신 황홀감을 맛보여 주어도
정작 태양과 나는 모르는 사이

서로 이렇게 거리 둔 관계로 남아야
햇살처럼 항시 밝음 지니리

어스름 달빛 시간 지나고
차오르는 불덩이의 집착과 비난

관계와 관계를 넘어서야
초연할 수 있으리

지난날 너와 나 사이에
이어짐과 이어짐

어렴풋 가려진 운무 위로
확연히 떠오르는 한 덩이 진실의 인연

새날 새로운 해 돋아난

이유 있는 청산일 뿐

가족도 귀인도 원한도 사랑도

한생 살다 가는 끈끈한 얽힘 속에서

일출과 일몰에 맞춘

뜨겁고 차가운 거미줄의 온도 차

그래서 그런 거였군!

온전히 담을 수 있는 지혜

새로운 날 잘 살아 내기 위한

초월과 비움의 사랑

그림자 1

– 위안 삼을 일

그림자 있어
끝까지 따라와 주는 건
정말 다행한 일이다

두터운 빙판 계곡 아래
안쓰럽게 이어지는 흐름과 흐름
그 따스한 맥박의 생동으로부터

겨울 날씨의 냉담한 천지는
싸늘하게 두려운 산간은
정말 혹독한 일이다

어둠이 오면
어둠을 걸을 수밖에 없는 우리는

제 발자국 소리 행여
뒤돌아보곤 하는 우리는

엷은 가로등 빛의
푸르른 새벽 달빛의

혹은 저녁 별빛의
그 어스름한 미련 아래서

희미한 그림자 하나
평생 동행해 주는 건
퍽 위안 삼을 일이다

그림자 2

– 반성

그림자는 바닥에 엎드려 참회를 한다

햇볕 그대로를 비춘 거였지만
밝은 빛을 검게 전했기 때문이다

때론 직언 전하는 일이
깊이 상처 줄 수 있음을 알았기 때문이다

파도가 바위에 부딪혀
인정사정없이 박살 날 때

날름거리는 혀로 너울대던 바닷물은
태풍의 예보를 진즉 감지했어야 했다

그냥 일상대로 잘 살아가는 일도
때론 남부러운 일 될 수 있으며

진실 그대로 말해 주는 충고도
마음의 생채기 될 수 있다는 것을

그림자는 바닥에 길게 누워
지난 시간들 곱씹어 본다

결국 발생한 모든 흔적들이
스스로 투영한 탓이었음을

봄 드림(DREAM)

봄 드림은
꿈을 드림

벚꽃 만발한
웃음을 웃음

우리들 일상에서
봄을 봄

간지러운 바람결에
춤을 춤

환히 만개한 내일의
꿈을 꿈

숲속에서

어쩌면 이렇게 그냥 있는 것일까?

　돌과 풀과 나무, 바위와 흐르는 시냇물, 물소리와 들
꽃 내음, 바람과 흔들리는 거미줄, 땅 벌레와 팔랑이
는 날개, 툭툭 빗방울 떨어지면 촉촉해지는 몸과 마음
들……

　땅과 하늘이
　따로 또 같이

TV 속 그녀의 인생은

TV 속 그녀는 조실부모한 어릴 적
산사 스님 찾아가 밥만 먹여 달라 했다 하네

이 절 저 절 열 손가락 마디가 오그라들도록
3시간 이상 자는 것이 평생소원이었다 하네

주름진 할머니가 되고 난 지금
고삐 풀어 달라 스님께 청하여 자유를 찾았다 하네

제일 원이던 한글을 먼저 깨우치고
산사 요리책까지 써 예능에 초청된

훨훨 날아다니는 요즘 그녀는
시간 가는 것이 제일 아깝다 하네

나와 동년배인 그녀
자기 안의 자기에게 속지 않고
까막눈 돕는 봉사가 꿈이라는 그녀

화면 속 주름진 그녀 얼굴 위에
연신 먹어 팽팽해진 내 얼굴이
오버랩된 바보상자 바라보며

내 안의 나에게 속아
매시간을 축내며 사네

태백산 천제단 1

– 도인과 무당

영산이 불러 달려간 그곳
인연의 끌어당김이 있던 거였네

노루궁뎅이, 당귀 뿌리 환대와
4대 천왕의 기운을 주고받으며

문수봉의 지혜로
영안이 열리고 있네

죽어 천 년 살아 천 년
주목의 근기와

맑고 고운 구절초의
없는 듯 배어나는 강인함

그렇게 순간순간을
알아채는 거였네

성불을 향한 고된 여정 중에
억겁의 도우들 우연인 듯 만나서

용왕과 용정의 감로수로
서로의 목을 축여 주었네

해와 달의 신묘한 하늘 기운과
겹겹이 둘러선 땅의 기운이 성성한 그곳

도 줄과 신 줄을 간절히 잡고
경계하고 공존하며 밤새워
인간의 제를 올리던 그곳

차마 마음 짜안한 측은지심
비우지 못하고 하산하였네

태백산 천제단 2

– 염원

태백산 장군봉 위 천년 주목
꺾이고 말라비틀어진 박제 같은 몸체
허물어진 고성처럼 옛이야기를 품고 있네

첩첩 산봉우리와 골짜기 계곡 사이로
떠밀려 떠다니는 구름바다처럼
방황하던 나날들

끊으려야 끊어지지 않는 혈연적 숙명
뿌리는 본향에 깊숙이 박아 두고
드넓은 하늘을 머리에 이고 사네

이루고픈 꿈에 매달려
평생 비바람 견디며 사는 인연들

이제 흩어지는 구름 사이로
서서히 붉어지는 태양은
밝은 날이 다가옴을 암시하네

새로 열리는 나날 중에
부디 하나 되어 펼쳐지기를

산중 수련 1
– 새벽달

선방에서 돌아오니
그 달이 예도 떴네

눈 감고도 뜬 눈으로
가부좌

덜 삼키고 비울수록
더해지는 청정심

새벽녘 산책길의
청명한 새소리

숲속 길 내내
나를 좇아오네

어릴 적 밤길을
든든히 비춰 주던 그 달처럼

산중수련 2

― 화천 숲 풍경

〈1〉

전나무 쭉쭉 뻗은 숲속에
텐트 펼친 도우들이
가부좌 틀고 앉았네

동트기 전 새벽하늘
오직 바람은
밝고 맑은 맘과 몸

멀리서 뻐꾸기 쑤꾹쑤꾹 선창하면
뾰로롱 짹째구르
일제히 쏟아지는 새들의 향연

희고 붉은 여명 해맞이 채비하면
컴컴하던 산봉우리 푸르러지며
하얀 띠구름을 허리춤에 두르네

이윽고 떠오르는 태양
우주와 내가 하나 되는 순간!

단전 자리에 해덩이와 새소리를
모두 넣어 잠재우면
온 세상이 고요하네

〈2〉
마지막 밤이 아쉬워
모기향을 피워 놓고
삼삼오오 앉은 도우들

머리 위로 큰 눈망울
별빛 빼곡히 반짝이면
밤이 깊을수록 정겹네

새들도 깰 때를 알 듯
풀벌레도 잘 때를 알아

귀청 터질 듯 울어 재끼다
한순간 고요히 잠이 드네

침낭 속에 몸을 누이면
휘영청 비추이는 달빛은

어린나무 그림자 한 폭을
텐트 치맛자락에 그려 주네

2부

살아가는

이야기

커피의 쓴맛

아듀 –
젊은 자영업 사장들의 폐업 신고
커피는 쓴맛을 보여 주고 있네

황학동 중고 주방가구 거리에
넘쳐나고 있는 에스프레소 기계들

좋은 약은 입에 쓰다고 하지만
벅찬 무담보 채무의 유혹은

방울방울 떨어져 내린 뒤
필터 위의 찌꺼기처럼

향기는 사라지고
씁쓸한 조정만

회생을 기대하며
수북이 남겨져 있네

커피처럼
쓰디쓴 속을 걸러

다른 이에게
안식 주는 법 배우게 되었다면

양손에 온기 한가득 담아
달콤한 하트 빚어낼 줄 알게 되었다면

아듀 –
나 젊은 시절의 절망을 팔아
담담한 아메리카노 한 잔 주문하겠네

유리창 밖 빗줄기가
세차게 쓴소리로 내리흘러도

도무지 끊을래야 끊을 수 없는
진한 인생 향기 배어나 있는

내림 커피의
그 구수한 쓴맛!

장마 중 보름달 일견

하계휴가에 맞추어
며칠간 방방곡곡 이어지던 장마

양산을 우산으로 바꾸어
함께 떠났던 여행

왔으니 가 보자거나
비 오니 그냥 쉬자거나
서로 실랑이 끝에

결국 둘이 떠났다가
혼자서 돌아온 여행

삶에선 언제 −

들뜬 시간 속에서
먹구름 펼쳐 내어
소낙비 내리쏟고

사랑하는 사람들
시끄럽게 흔들어
마음 헤집어 놓고

시침 뚝 떼고
월봉산 꼭대기에
저리도 밝은 달을

– 냉큼 걸어 놓은 것일까?

이젠 알았어
장대비 휘장 드리울 때면
숨겨 둔 노랑 달덩이 찾아

입속에 둥근 보름달 한 알
단물 그득히 머금어 가며
아이 때처럼 살아갈 테야

반만 담갔다면

반신욕 하듯
몸의 반만 담그려 했지만
어느새 전신을 적셔 버렸다

피땀까지는
마음을 쓰지 못했고
눈물도 그대로 지나쳐 버렸다

현명히 대응하려 했지만
마음먹은 대로가
무에 그리 어려웠을까

좀 더 침묵해야 했다
진실은 고요 속에 담겨 있다니

명상이 답이었을지도
기도가 길이었는지도

4분 쉼표를 온쉼표로
바꾸어 넣었어야 했다

모두의 영혼이 곧 나아지기를
평화의 안식들 찾아가기를

거미의 은퇴

거미는 거미줄에 갇혀 있다

의사였던 아버지는
반신불수가 되어서야
시골로 은퇴했다

자유를 그리던 아버지
귀향의 꿈은
내내 흰 가운을 벗지 못했다

휠체어 위에서
웃지도 울지도 못하는 눈빛
꾹 닫힌 입으로만 말한다

햇살 머금은 날
새끼들 위해 내맡긴 몸체
다 사라진 이제

고향 땅에 내려서려나?

바싹 말라 틀어진 채
가느다란 줄 타고 내려와
가랑잎 틈새로 숨는다

낡은 올가미는
바람에 찢겨 나풀거리고
잔솔잎 하나 매달려
아쉽게 대롱거린다

성묘 가던 날

낙엽도 치매에 걸려 있었어요
젊은 날의 색(色)도 기(氣)도 다 바랜 채
나지막이 내려앉아 있었지요

남은 생은 치매 병동에서 마감해야 할
어머니를 모시고
어렵사리 성묘를 갔어요

반은 업히고 반은 휠체어로 함께한 것은
그래도 아직은 잠깐씩
아버질 알아볼 거 같아서예요

뭉뚝해진 봉분을 덮고 있는
성성한 잔디는
어머니의 다 빠진 흰 머리털 닮았네요

이부자리 깔아 두시던 생전의 모습처럼

옆자리에 가묘를 펼쳐 두고

아내를 기다리고 계시는군요

작년 이맘때만 해도

어여 저기 눕고 싶다며 농치시던 엄마는

어쩐지 올 추석엔 눈길 한번 돌리지 않으시네요

앉아서 사셔야 할 어머니의 시간과

누워 잠드신 아버지 시간 위에

소주 몇 잔 부어 드리고 돌아설 즈음

소리 없이 부슬비는 내리고

비석 위에 젖은 낙엽이 하나

힘겹게 달라붙어 있네요

향기로운 엄마 꽃

― 49재를 마치고

병실에 누워 계셨을 적
애처로운 숨결조차

살아 있는 향기였어요
이제 생각하니

코에 꽂은 호스도
들끓던 가래도
모두 사그라진 지금

영정 속 엄마만이
담담히 나를 보네요

자취를 더듬어
함께 다니던 장소들을
찾아가 봅니다

땀을 내던 찜질방에 들러
혼자지만 같이
식혜도 마셔 봅니다

휠체어로 즐겨 찾던
공원의 무더위도 지나

지천으로 민들레는
지금도 피어 있는데……

이 그리움도 언젠가는
살아 있는 향기로 남는 걸까요?

시부상

양가 부모님 중
마지막 순으로 떠나신 시아버님

새댁 시집살이 시절부터
수십 년 함께한 삶이 아프고 슬프다

죽음은 사라짐이 아니고 옮겨 감이라
슬쩍 문을 하나 넘어서면

같은 세상에 머물고 계실까
네 분 부모님 모두는

핸드폰을 바꾸다

하루가 송두리째 흔들리고 있네
깊숙한 관계였구나! 우리

함께한 흔적들
지워 버린 시간들

곁을 바꾼다는 건 쉽지 않구나

서로 길들여진다는 건
새로이 알아 간다는 건

이제까지가 온통 뿌리째 뽑히고
이제부터 새로이 시작된다는 건

생소한 너와의 힘겨운 첫 적응

있는 그대로

솟아오른 촛대바위나
계곡에 드러누운 너럭바위
돌돌 흐르는 개울물 속 조약돌

누가 너희들을 비교하며
옮겨 두려 하겠니?

모두가 붉은 해돋이로 태어나
순간 저물다 가는데

지금 파도는
내일도 파도치며 있을 것이고

해변에 가루 되어 뿌려진
수많은 모래알들

바닥에 깔림으로써
헌신과 사랑의 마음으로

바다 찾는 사람들
맨발을 감싸 주며 지낼 터인데

아들아, 너는 너대로
파도치고 해가 뜨면서

하늘도 바다도
바위와 조약돌, 모래알도 다 품어 내고

소중하고 아름다운 세상에서
다만 빛나게 존재하려무나!

봄꽃 소식(ME TOO)

꽃나무들이 속살거리며
속살을 드러내고 있어요

꽃망울 터뜨리려
새순과 꽃 몽우리

재잘재잘 수다들을
한 움큼씩 입에 물고 있어요

봉긋해진 볼살 위로
따사로운 봄볕의 입맞춤

더는 참을 수 없어
곧 일이 터질 거예요

'나도 나도(ME TOO)'
시끌벅적

봄 세상

꽃 소식

벌어져 탁

열리고 말 거예요

분리수거

실수가 유용하게 쓰이려면
분리수거해서 재활용하는 게 좋겠네

냄새나는 순간순간을 떠올리며
괴로워하는 따위는 멈추기로 해

더 아름다운 세상을 살아가려면
스스로를 청결히 가꾸는 수밖에

만개한 목련꽃으로 지고 난 후
검게 문드러진 마음들은 별도 포장하세

꽃봉오리처럼 꽁꽁 여미어
냄새조차 안 나도록 밖으로 치워 두세

재사용될 소중한 기억들만
선홍빛 동백꽃 떨어진 바닥에서
몇 송이 주워 올려 추려 두세

삶은 고달픈 게 아니고
곱디고운 거라 믿으면서

깨진 유리일수록 찔리지 않게
멀찌감치 밀어 두고 건들지 마세

가족들 감싸 매던 집착과 사랑의 끈
이제는 풀어내고 포장지도 걷어 내세

세상을 담아낼 이타심까지는
아직 그릇이 작아 터질 듯싶은데

리사이클 된 다음 세상에서나
큰 그릇 빚어내어 그리 살 수 있는 것인지

코다리 맛집 생일 파티

나 생명 받은 날 축하해 주러
문우들 몇몇이 코다리 맛집에 모였어

어릴 적 노가리의 삶을 살다가
얼리고 말리고 반건조하여

동태 되고 황태, 명태도 되는
코를 꿴 우리네 삶

그렇게 우리는 각자 이름이 다르듯
운명도 서로 다르게 갈라져

무언가에 이끌려 바쁘게 살아가고 있어
일상을 맴돌며 시간을 죽이는 동안

스스로를 베어 내고 잘라 내다가
문득 어떤 시인의 아름다운 소풍처럼

보석 같은 마음 자락 훌훌 펼쳐 내어
밝고 맑게 살면서 유유히 떠나고 싶어

우리들 벗어 내던질 코뚜레는
삶 어드메 숨겨져 있는 것일까?

신발의 신혼 일기

정말 궁합이 잘 맞는 한 쌍이다
둘은 내면의 채움도 드러낸 빛깔도 같았다

바닥에 등을 대고 눕는 처지에서도
하늘만 바라보는 긍정적인 성향도 닮았다

시어머니 핀잔도 농으로 웃어 버리며
서로의 약점을 감싸 주는 재치도 익혔다

한쪽이 앞설 때는 다른 쪽은 슬며시
뒤로 물러설 줄 알게 되었고

서로 번갈아 한 번씩
앞세워 주는 지혜도 배워 담았다

남자는 남자 자리에서 여자는 여자 자리에서
좌우 경계선은 절대 넘지 않는다

윗분들 위로 세워 모시며 맨 밑 서열에 깔려 있어도
둘이 함께라면 그럭저럭 지낼 만했다

모두 잠들어 둘만 남는 밤이 되면
벗어 놓은 두 몸 서로 부비대면서

행여 한쪽이 뒤집히거나 찢어지거나
사라지는 일이 없기를

날마다 날이 밝자마자
온몸 바닥에 깔고 오체투지로 기도한다

코 고는 소리

코 고는 소리는
누가 작곡했을까?

어릴 적 자장가 대신
팔베개 내주시며 엄마가 들려주신 그 소리

슈베르트 자장가보다 포근하고 다정한
엄마 땀 내음 섞여 더 구수했던 그 소리

신혼 적 수줍은 귓가에
처음 내 남정네의 그 소리

씩씩 뿜어 대도 감미롭고 달콤하던
든든하고 믿음직한 그 소리

경쟁에 지쳐 곯아떨어진
아들딸의 세상모르는 그 소리

행여 깰세라 뒤꿈치 들고 문 살살
애처롭고 가슴 아프던 그 소리

어느덧 중년도 훌쩍 지나
귀에 들려오는 내 코 고는 소리

제 소리에 흠칫 깼다가는
아! 이젠 시부모님 안 계시지
스르르 다시 잠드는

놀라 잠깐 눈 떴다가는
참! 이젠 출근시킬 식구들 없지
다시 눈이 절로 감겨 오는

거실 소파에 누워 오수를 즐기는 날
한가롭고 따숩게 들려오는
우주 한가득 내 코 고는 소리

봄날의 해프닝

개나리꽃, 벚꽃, 목련꽃
사방에 봄꽃 향기에
내 마음도 봄바람이 사알랑

모처럼 고향 친구 만나
핑계 삼아 외박도 하면서
안 해 보던 경험 좀 해 볼라 캤는데

예민한 남편의 육감 레이다 망에
이상 낌새가 감지되었나?

불쑥 전화 호통 귀가령에
서울부터 아산까지
후딱 한걸음에 달려와서는

공연히 부아가 나서

졸립다 핑계 대고

벽 보고 쌩하게 누워 버렸다

'흥! 내 나이가 몇인데

아, 삼십인 줄…… 육십이로구나!'

첫 손자

봄 산책 길 걷다가
문득 쉬어 갈라치면

살며시 내려앉는 눈꺼풀 사이로
꼬물대며 기어 다니는
손주 녀석 웃는 얼굴

새로 돋은 앞니처럼
봄 나뭇가지에

뾰족뾰족 매달린
연둣빛 새싹들

쉼 없이 작은 손 펼쳐
곤지곤지 반짝반짝

봄바람에
살랑대네

푸른 하늘 구름 펼치고
등 대고 누워 버리면

옹알이처럼
돌돌 흐르는 계곡물 소리

눈부시게 보고픈
봄볕 햇살처럼

뒤뚱뒤뚱 걸음마로
품 안에 안겨드네

죽 이야기
– 자식들에게

너희들 몸 불편할 땐
곁을 지켜 줄게

정수한 맑은 물을
몇 배 정성으로 담아 놓고

세지도 넘치지도 않게
눈길을 떼지 않을게

뭉근한 불기운
오래도록 달구어

알갱이도 녹여 내는
부드러운 사랑

아들딸 몸속으로
스며들면

미래 세상 열어 가는
에너지의 원천

쌀로 쑨 풀 먹여
자존감 팟팟해진 깃을 세우고

푸르른 창공에서 펼쳐 내는
기운찬 날갯짓

키울 때 마음은
늘 그런 바람이었어

미안스럽게도
정작 너희들은

정성 들입네 하며 끓인 죽보다
덤덤한 쌀밥을 더 원했는지도

낙타 등 아버지

등 푸르게 펼쳐진
가을 하늘처럼
넓디넓은 아버지 등

그 등에 업히어
재잘거리던 시절에는
알지 못했었네

뜨거운 사막 위
모래바람 속에

홀로 짐을 지고 걷는
구부정한 등의 떨림

그것이 눈물 삼켜진
울음이었다는 걸

어른이 되어서야
알게 되었네

등 돌리는 이들에게
등 내주며 사는 법

등지고 살날들
등 맞대고 살아 내는 법

낙타의 혹처럼
굽은 등 안에는

단단한 눈물샘이
지혜처럼

몰래 숨겨져
있던 거였네

추억을 나누던 날

그 시절로 돌아가
옛이야기 더듬으면
모두가 한 고향 사람 같네

쥐불놀이 깡통!
노랑 고무줄 새총!
두드려야 소리 나는 라디오!
그리고 드라마 '여로'까지

그래 그랬었지
고개 끄덕거리며
맞장구 손뼉에 함빡 웃음

서로 다른 인생길 중
동 시간대 머무는
그때 그 시절의 추억들

하나둘씩 펼쳐 내며
더욱 정겨워진 눈빛이
끝없이 담소로 이어졌던 밤

동심으로 거슬러
추억을 찾아 꿰던
타향살이에 낯익은 동무들

겨울비

인생에서 정신 번쩍
차리게 하는 비가 있다

기온 때문에
눈이 물이 되듯

온통 삶이
바뀌어 버리는

그런 뒤엔
강추위가 찾아와도 좋다

온종일 조용히 내리는
이 비가 눈이었다면

도처에 하얀 흔적을
남겼겠지만 겨울비는

지난날 살아온 세상을
감쪽같이 세탁해 버렸다

천지와 시공이 새로이
말끔한 얼굴을 내밀고 있다

이제는 정말 믿어도 되겠니?
너란 아이

이민족 고라니

막다른 수풀 산자락 끝에
일궈 놓은 텃밭 파헤치다가

화들짝 인기척에 다 달아나 버려도
난 너희 가족을 잘 알아

시골로 이사 온 저녁 내내
뒷산에서 울부짖던 남정네의 외침

그 왜가리 닮은 소리가
짝 찾는 외로운 마음이란 건
한참 뒤에야 알아차렸어

가끔은 아파트 단지 내로 들어와
살길 못 찾아 허둥대기도 하고

어느 날엔 길 위 한복판에서
못할 짓 당해 찢겨 쓰러져 있어도

난 너희 종족이 본래
희귀 족보에 올려져 있는
멸종 위기의 존재라는 걸 알아

비록 지금 이 땅에서는
보존조차 제한된 유해동물 취급되지만

환영받을 세계로 날아가고픈
이민족의 안타까운 꿈이라는 걸

한 해를 보내는 노래방에서

누군가는 노래로 어머니를 부르고
누군가는 지나간 애인을 부른다

같은 공간에서
뛰고 춤추고 탬버린 흔들어 대지만

저마다 감정의 늪으로
홀로 깊숙이 빠져든다

모두여도 외롭고 떠들어도 외롭고
먹어도 마셔도 외로운 우리

노래방에서 열창하듯
희로애락 굽이치는 일상에서

한 시간, 하루, 일 년을
유쾌한 듯 노래하며 지내다 보면

언제가 노랫말 이야기처럼
고향과 산천에 에워싸여

서로가 그리운 사람이 되어
살던 터에 조용히 깃드는 걸 거라고

아마 그게 인생일 거라고
마음에게 무심히 속삭이면서

4·27 만남은

– 남북정상회담

두 사람이 하나의 민족으로
한 걸음 다가선 만남은

쉬는 전쟁을
끝난 전쟁으로

우리의 소원 노래하던
통일의 꿈이 손에 잡힐 듯

온 누리 돌아가신 이의 음덕으로
살아 있는 이가 그어 놓은 선 넘는 날

중력처럼 소통과 화합의
보이지 않는 당김이 어우러지는

이제는 우리,
서로의 한을 내려놓을 때

충성도 생이별도 굴복도 타협도

초월하는 미래의 선율에 따라

이제는 우리,

함께 건반을 조율해 줄 때

한국 전쟁 이야기

직접 겪진 않았지만
총알이 뚫고 나온
아버지 팔에서 흉터를 보았네

간접으로 경험한 거지만
이산가족 그리는
할머니 가슴속 한을 들었네

유일하게 전쟁을 겪지 않았다는
운 좋은 우리처럼
끼인 세대들

아들에게 보여 줄
총알 흔적도 없지만

딸에게 들려줄
헤어진 핏줄도 없지만

꼭 들려주고 싶은
말씀 하나 있네

잊지도 말고
더 있어도 안 될
종전이 아닌 정전 이야기

핸드폰을 바꾸다

하루가 송두리째 흔들리고 있네
깊숙한 관계였구나! 우리

함께한 흔적들
지워 버린 시간들

곁을 바꾼다는 건 쉽지 않구나

서로 길들여진다는 건
새로이 알아 간다는 건

이제까지가 온통 뿌리째 뽑히고
이제부터 새로이 시작된다는 건

생소한 너와의 힘겨운 첫 적응

3부

길 떠나 만난

그곳에서

동해 일출

무언가
다시 살아나는 기운

반딧불처럼 한때 불 밝히고
분주하게 출발하는 오징어 배

어두운 뒷배경에도
황홀하게 떠오르는 주홍 빛깔

아이처럼 꿈꾸는 찰나
물 밑에서 눈부시게 떠오름

하루가 열리고
일생이 출항되어

순식간에 차오르는
새로운 나날의 성장

힘들 때면

동해 바다로 달려가

다시금 솟아오르는

이유

용서와 사랑

– 대천해수욕장

바다를 바라보며
나 용서를 배운다

오랜 세월
맘속에서 단단해진
자갈을 용서한다

사람들 밟고 지나간 자욱
지우고 덮어 버리는
모래 벌을 용서한다

속 알맹이 다 내어 주고
먼 타지까지 떠밀려 온
조가비를 용서한다

뭍을 향해 힘차게 달리던 꿈
재빨리 접어 버리는
파도를 용서한다

아주 멀리 있던 바닷물이
발밑까지 다가와
들어오라 속삭일 때

거품 섞인 파도 소리를
철썩 믿고
그대로 품에 안길 때

파도가 넘실대는
깊고 너른 무한 사랑
바다의 언어로 배운다

물에서 뭍으로 등 떠밀며
포기한 꿈 퍼 올려 주는
끊임없는 파도 사랑

반짝반짝 햇살 은하수
바다 위로 하나 가득
해맑게 뿌려 주는 윤슬의 사랑

바다에 몸을 담그며
나 사랑을 배운다

오륙도를 바라보며

내 안에 좀 더 물이 차올라야
섬처럼 서로 거리 둘 줄 알게 되겠네

가장 가까운 핏줄처럼 끈끈할수록
너무 다가서진 말아야 한다는 말

세 끼 수발 정성으로 헌납하고
평생 돌아오는 푸념에 지칠 즈음엔
여인이여!

일상의 머리채를 거머쥐고
바다 있는 여행길에 단호히 올라 보라

빛바랜 신혼의 여행지를
혼자 찾아 나서도 좋겠네

삼십 년 전 까마득한 추억
긴 세월 앙금 정수기로 걸러 내어

풋풋했던 신혼의 기억
유리잔 한가득 투명히 채울 수 있겠네

바다 손과 하늘 손 포개어
마주 잡아 쥔 수평선 바라보며

맞닿아 있지만 따로따로인
경계에 대한 서투름으로 해서

친할수록 퍼붓게 된
말과 말이 입히는 일상의 상처에 대해서

바다와 하늘, 파도와 구름이 출렁이는
바람 소리 가만히 듣고 있노라면

온 세상이 온통 푸른 물감 풀어내
깊은 맘속 시원히 칠해지겠네

하늘과 바다가 화해한 수평선 위로
새로운 태양 떠오르는 날

두 팔 벌린 여인의 귀갓길에서
눈부신 빛으로 설레게 하겠네

대여섯 가족들, 때론 떨어지고
때론 붙어서 살 줄 아는 섬

불가근불가원의 지혜로
짠물 속 담금질에도 어울려 살아 내는 삶

삼화사 무릉계곡에서

저녁 예불 타종 소리 타고
흘러내리는 계곡물 소리

빠른 속도에 부딪혀
토해 내는 물거품처럼

일상 속 하얗게 흩어지는
열정과 정열

어둑어둑할 무렵까지
물비늘 그려 낸 물살 너머로

알 낳을 곳을 못 찾아
쉼 없이 떠다니는 잠자리 떼

거센 바람은 하늘 위에서
먹구름 부리나케 실어 나르고

운치 있는 산사 계곡 주변에
몸 담그고 누운 너래 바위 손등 위

한두 방울 빗물이 목탁 두드리며
'여유롭게 흐름 따라 살고 싶다'고

물속에 잠겨 있던 크고 작은 조약돌
'둥글둥글 천년을 살려 한다'고

세월호 후 남겨진 아빠는

– 진도

깐 굴 껍데기 속에서 꼬물대는
아기 게가 보였어

아빠는 접시 위에 건져진
어린 생명의 안타까움에

그 배에서 죽어 간
어린 딸을 안주 삼아
또 한 잔을 들이켰어

배 타는 걸 두려워하는
트라우마 생겼다면서도

물 가까이에 새 터 일구고
어린 딸 사진 침대 맡에 두고

마음이 마음을
보내지 못하고 있었어

동지 팥죽 한 그릇 떠 놓고
씻김굿하는 날

아빠는 매일 밤이
너무나 길었었다고

애써 감추었던 봇물이
파도처럼 들썩이고 있었어

밝은 낮이 더 길어지는 날
곧 볼 수 있을 거라고

마음에서 마음으로
위로하고 싶었어

토스카나 폰데베르투시 방문·

그녀가 10년을 그리워했다지만
누군가 100년 넘은 시간을
간절히 기다려 왔을지도 모른다

잡지 속 사진 한 장의 발견이
우연 아닌 필연이 되어

누군가의 절실한 바람이
지금에야 이루어진 건지도 모른다

그렇기에 도착하는 그 시점에 맞추어
독수리 한 마리가 배웅 나왔고

정겨운 풍광과 몸에 밴 소품들이
그녀 가슴속 깊이깊이
익숙한 떨림으로 스며들었을 것이다

그렇기에 그곳 사람들도
멀리서 날아온 초면의 그녀를
오랜 지인처럼 반겨 주었고

떠남이 안타까워 집 안 속속 헤쳐 보이며
설명을 자꾸만 이어 갔을 것이다

그렇기에 헤어져 그곳을 나선 그녀도
혼신을 다한 만남에 다리가 풀려

그 자리에 그대로
주저앉아 버렸는지도 모른다

그녀는 왠지 마음에 끌렸었고
그냥 그리워 방문했을 뿐이라 했지만

그날 저녁 자신도 모르게
와인 잔에 흐르는 그녀의 눈물은

우연 아닌 필연이었음을
절로 알아 버린 까닭인지도 모른다

*그녀와 이태리 포도 농가 방문에서의 특별한 추억

코로나 몽산포

덕분에 넓은 갯벌 몽산포를 밟아 보오

솔밭 모랫길도 홀로 걸어 보오

타인과 거리를 두니 더 깊이 자신을 바라보오

하늘에 펼쳐진 구름의 색

파도 바람과 갈매기의 노래

일출과 일몰의 붉은 환희

비릿한 갯벌과 솔잎 향의 어울림

내 눈도 귀도 가슴도 그리고 코도

각자 새로이 자신을 성찰하오

먼 훗날까지*

먼 옛날 당신이 없었다면,
열두 척 적은 배로
어려웠던 이 나라 지켜내 주신

이 시절 당신이 계셨다면,
천안함, 세월호 몇 안 되는 배로
어려워진 이 나라 건져 올리실

먼 훗날까지, 영원히
멋들어진 이 나라, 늘
굽어살피실 당신이시여

* 아산 이순신축제 시화전

청령포(靑泠浦)* 1

강물도 푸르게
멍들어 있었다

한 사내의 걸음을 가두어
죽음을 지켜본 강이

한 세월 저렇게
젖어서 흘렀으리

망향대(望鄉臺)로부터
어디로든 언제로든 동행하고파
흐느끼며 넘쳐났으리

눈으로 맘으로만 달려 내면서
하루하루 기다리던 한 여인을,

그 가슴팍 돌무덤을,
넓은 광야 귀퉁이에 쌓았으리

사춘기의 울분을 바라보면서
안타깝게 깊어졌으리

행여 젊음이 죽여질까 봐
녹 푸르게 고인 채로 숨죽였으리

안쓰런 물소리
계곡에서 계곡으로 잦아들면서

푸르게 차갑게
이리로 이어졌으리

후손들 찾아간 저물 녘

배 띄운 강물은

짙게 어두워져 있었다

* 청령포: 단종 유배지

청령포(青泠浦) 2

육지 속 작은 섬 거기

험준한 암벽과
범람하는 깊은 강이
꽁꽁 에워싼 거기

고운 님 여의고 밤길 울며 걷던 이나*
네 울음 슬피 우니 내 듣기 괴롭다던 이가**
달 밝은 밤 소쩍새 울음을 울던 거기

어소 주변에 허리 굽혀 절하는 소나무와
온몸 놀이터로 내어 주며
슬픈 사연 보고 들어 준 관음송(觀音松)

열일곱에 죽여진
왕이다가, 군이다가, 서인이 된 그를

팔십여 년 긴 세월
맘으로만 빌어 왔을 정업원 송 씨 그녀를***

줄지어 배 타고 들고나면서
후손들 오래오래 마음 아파하는

아름다운 육지의 섬 거기

* 단종을 유배지에 호송하고 돌아오는 길에 쓴 왕방연의 시조

** 노산군(단종)의 시조

*** 단종의 비 송 씨(정순왕후)가 82세까지 살았던 정업원

백의종군 길을 따라서*

그 길을 따라 걸어 보라
지금은 봄꽃 화창한 고운 그 길

모친상의 애절함도 묻고
백의종군 억울함도 묻어 버렸다

오직 나라 지키려는 마음 하나만
대장부 가슴을 활활 지핀다

살려고 하면 죽고 죽으려 하면 산다는
불굴의 정신이 불패 신화를 낳았다

그 시절 그가 지킨 이 나라
그 아니면 사라졌을지 모를 이 나라

지금은 누가 있어
이기심도 공명심도 묻고
그 길을 따라 걸어갈까

영원히 빛바래지 않을
진실한 그 길

* 아산 이순신축제 낭송 시

우리, 이식쿨* 호수에서

– 중앙아시아 디아스포라 방문 후

바다 닮은 호수를 보았네

멀리서 날아온 우리와
여기서 오래 터 잡고 살아온 그들은

따뜻한 호수 앞에서
양 세 마리 바비큐로
따뜻한 '우리'로 밤을 보냈네

파도도 너울거리고
수평선도 끝없이 펼쳐져
분명 바다와 다를 바 없지만

그렇게 우리는 호수로 불려
세계 각지로 떨어져 살고 있네

호수처럼 서로 나뉘어 살아왔지만
넘실대는 물살만큼 넘쳐나는 사연
서로 겪으며 살아왔지만

바다 닮은 여기 이식쿨 호수에 와서
우리 모두는 바다가 되어
하나로 연결된 채 살 수 있을까?

* 이식쿨: 키르기스스탄에 위치한 제주도 3배 크기의 유명한 호
  수. '따뜻한(이식) 호수(쿨)'라는 뜻.

미지의 섬
– 시실리아에 들어서며

그대들 삶과 삶이
살아 이어지는 섬

밤새워 바다를 가르며 달려와
새벽을 여는 하늘 가득 붉힘으로 다가섬

첫 만남의 설레임 안고
비밀스러운 그대 안으로 들어가
깊숙이 깊숙이 느끼고파

섬 항구 가까이 파도의 떨림으로 들어섬
그대 향한 호기심에

바다보다 하늘보다
맞닿은 수평선보다

더욱 하나가 되고픈

너

나의 섬

로마를 다녀와서

여행을 마치고 돌아와 눈을 뜨니
어느 나라 어느 숙소 침대인 것만 같아

웅장한 역사가 재현되는 건물
거리의 악사와 걸인들

어둡고 밝던 삶의 현장
참형과 검투사와 유태인의 기록들

베드로 성당 밖으로 퍼져 나오는
바티칸 교황의 미사 음성과
광장을 가득 메운 군중들의 호기심

천재 예술가의 자취와
신앙을 둘러싼 순교와 박해
즐비한 성당마다의 삶의 궤적

이천 년 세월만큼이나
무겁고 무더웠던 유적지와의 대화

눈을 떠도 감아도 어른거리는
로마에 매료되어 넘치는 잔상

에티나 화산 진원지에서

영겁 시간을 한없이 거슬러 오르고
끝없는 땅속을 뚫고 내려가노라면
너란 실체 언젠간 만날 수 있겠지

걷잡을 수 없는 뜨거운 욕망으로
인연 닿은 모두를 불태웠지만
매력에 이끌려 넘쳐흘렀던 거야

사정없는 불기둥이 밀려 내려와
온몸이 까맣게 타들어 간 채
네 영토에 누워 녹아내렸던 거야

이제 긴 세월 지나 돌아보노라니
젊은 날 끓어오르던 열정은
이미 이렇게 식어 버렸고

내 진심은 네 가까이에서
생명의 씨를 잉태한 채
잠잠히 오랜 세월 기다려 왔던 거야

가만히 주위를 둘러보면
아! 푸르른 생명의 호흡들

사실은 붉고 검은 상처들이
온전히 미래를 짓밟진 못했던 게지

미지근히 식어 버린 강렬했던 끌림도
가는 연기 피어나듯 시들해진 집착까지도

이제는 다 품어 줄 거야
너를 둘러싼 이 너른 세상

수줍은 풀꽃 피어나는 보금자리로
싱그런 솔향 뿜어내는 울타리로

크루즈 노년 여행의 선셋(SUNSET)

우리 중 누군가 말했었지
해가 바다에 몸을 담그니
마치 우리들 여행 같다고

그렇게 크루즈 여행은 저물고
바다에 가득한 저녁노을처럼
황홀한 추억들을 수놓고 있었어

바다가 담뿍 담긴 동요들을
천진한 파도 저 멀리까지
찰랑찰랑 웃어 대며 불러 대었지

하루는 바다에 해를 담그고
하루는 바다에서 해를 건지며
나날이 젊어지고 어려져 갔어

칠순에 환갑이 다 된 우리들 모두
이러다 이 여행이 끝날 무렵엔
여러 날 바다에 몸을 담그고

엄마의 자궁 속을 헤엄치다가
새로운 저 세상 밖을 향해서
다시 태어나 나올지 몰라

이탈리아 시에나에서

시에나에는
어릴 적 고향 모습이 담겨 있네

살구나무와 호두나무
대나무와 소나무
능소화와 무궁화꽃까지
낯익은 얼굴들이 반겨 주네

검버섯 핀 늙은 나무 그늘 아래
버려진 허름한 수레와
허드레 뒹구는 농기구는
한적한 우리네 농촌을 보여 주네

포도 향 실은 감미론 바람과
노오란 해바라기 들녘의 화안한 웃음

저녁 구름 물들인 황홀 빛 노을은

멀리서 날아온 여독을 풀어 주네

고향에서는

어릴 적 순진한 눈망울들이

수줍게 외국인 주위를 맴돌았었는데

시에나에서는

순박한 마을 사람들 호기심 찬 눈빛이

우리 동양인 곁으로 하나둘 모여드네

문우들과의 산책

― 신정호수

만남은 나누고 공유하는 일이다

시를 사랑하는 문우들과 산책한다는 건
뱁새가 '붉은머리오목눈이'였음을
갈대보다 가냘픈 '으악새'가 '억새'라는 걸

새로이 알게 되는 일이다

서리 내리도록 붉디붉어 '낙상홍'이며
눈을 멀게 하는 능소화 꽃가루까지

새로운 사연들을 주고받는 일이다

누군가 고향 집이 그 언저리에 있었고
어린 누이의 가슴 아픈 추억과
훗날 가루가 되어 묻히고픈 마음까지

깊이깊이 서로를 나누는 일이다

추운 줄 모르고 그네도 타고
물새 사는 신정호수가 맑아지기를
아이처럼 소리 높여 떠들어 대는

시를 사랑하는 어른들이
토요일 어느 날을 함께 갖는 일이다

은행나무 가로수, 미안*

암수 구별 못할 때가 좋았네

수묘목 가로수 삼겠다고
주렁주렁 열매 달린 암거목

뿌리째 뽑아 버렸네

냄새 고약타 쫓겨난
암가로수에게도

총각인 채 늙어 갈
수가로수에게도

차마 못할 짓이어서
"미안해"

여물어 잘 자란 아이들을
구워 삼킨 적이 있었어

매달려 추락한 아이들을
밟아 으깬 적도 있었어

그래도 듬직한 침묵으로
황금빛 풍광과 그늘을 나눠 주는

은행나무 가로수
"고마워"

*천태산 은행나무 시화전

천년 숲*의 음덕

끈끈한 송진 피를
다 빨아 먹혔어도
향기롭고 투명해

거친 피부 벗겨져
창백하게 파인 상처
낙인처럼 선명해

일그러진 입술로
우는 듯 웃고 있는
천년의 미소

인고의 세월 승화한 채
담담하게 둘러선
소나무 고승들 합장 기도

조상들 음덕인 양

맑고 밝게 서린 기운은

후손들 향한 무한 사랑

지친 하루를

충만하게 채워 주는

천년 솔숲의

힐링 산책길

* 봉곡사 천년의 숲: 일제 강점기에 송진을 채취하기 위해 파인
상처로 웃는 표정의 아름드리 소나무 숲이 유명함.

아산 방조제에 남겨진 바다는

넓은 바다를 품어 키우던 부모는
스케일 큰 자식의 미래를 위해

돌아올 수 없는 먼 세계로
길을 떠나보내네

차마 모조리 보내기가 아쉬워
아산 방조제 길

길게 박음질로 쫓아 달려가
한 자락 호수로 잡아 두었네

아산호라 부르기도 하고
평택호라 부르기도 하며

두 지역 부모들 모두 애지중지하네

기실 효심 한 자락 남겨 놓는 것이
씀씀이 큰 바다의 옳은 도리여서

저녁마다 눈부신 갯벌 한가득
떨어지는 햇덩이 가루 뿌려
황홀한 안부를 전하네

해산물로 농산물로
적당한 소일거리로

바다 귀퉁이 한 자락을
호수처럼 슬며시 가두어
남겨 드린 거였네

나 아산에서 살게 된 이유

뜨겁게 샘솟는 물줄기로
오랜 세월 얽혀진 한(恨)을
치유해 주는 온천의 본고장!

내 우주의 중심이 된
아산에게 물어본다

오래전 여기 직장을 주고
이제 살 집까지 옮기게 한 이유를

선산 조상 묘도 이장하고
훗날 묻힐 터까지 마련케 한 이유를

너른 들판 뒤덮은 들풀의 생명력
틈새 피어난 풀꽃의 정교함을
눈앞에 펼쳐 주고 싶었을까?

황톳빛 농사꾼 자손들이
황금빛 흙 속에서
손수 거둬들인 햇작물의 순수!

땅을 일구며 소를 키우며 시를 쓰는
지인들의 그 맑은 마음을
삶으로 전해 주고 싶었을까?

충과 효의 저력이
동맥과 정맥처럼
나무뿌리마다 불거진 길과 길!

겹겹이 에워싸여 이어진
아산의 야산 길을 걸으며

순간순간 예상치 못한 일로 가득한
하루와 일 년에 대해 물어본다

미래와 연결되어 있는 아무도 모를
인연들에 대해서도 물어본다

아마도 결국은
결이 고운 이들과 지금 여기에서

하나 되는 사랑법을
알게 하는 것일 텐데

결이 고운 이들과 하나 되는 사랑법

– 우인혜의 시 세계

유성호 문학평론가, 한양대학교 국문과 교수

1. 자기 개진의 열정과 존재론적 탐색으로서의 시쓰기

우인혜의 신작시집 『놀듯이 쉬듯이』(책과나무, 2024)는 삶과 사물을 가장 성숙한 시선과 필치로 갈무리한 고백과 성찰의 미학적 집성(集成)으로 우리에게 다가온다. 시인은 대학교수로서 정년퇴임을 앞둔 "두려움과 설렘이 교차하는 경계선"(시인의 말)에서 오랜 시간을 회상하고 새로운 순간을 맞이하고 있다. 그의 목소리는 가볍게 떨리지만 그동안 시공간을 함께해 온 이들에 대한 고마움과 그리움으로 출렁이고 있다.

또한 그는 근원적 가치에 대한 특유의 추구와 열망을 통해 우리에게 역설적 활력을 부여하고 있는데, 그만

큼 모든 사물이 상호 연관되어 있으며 인간 역시 세계
와 상호 영향을 주고받는 존재임을 증명해 간다. 이로
써 우리는 그가 세상의 상처를 치유해 가는 이지적 열
정을 선명하게 드러내고 있음을 목격하고 나아가 시인
의 인생론적 자각과 통찰의 문양(文樣)들을 환하게 만
나게 된다.

그래서 이번 시집은 시인 자신에게는 시인으로 스스
로를 세워 가는 새로운 걸음으로서의 의미를 띠면서,
시를 읽는 이들에게는 '시인 우인혜'에 대한 한없는 이해
와 공감의 순간을 경험하게 할 것이다. 이제 그러한 자
기 개진의 열정과 존재론적 탐색으로서의 시 쓰기 과정
안으로 천천히 들어가 보도록 하자.

2. 시간의 흔적을 통해 가닿은 원형적 거소(居所)

대개의 시인들이 취하는 공통의 방식 가운데 하나는,
내면이든 사물이든 그 안에 담긴 시간의 흔적을 들여다
보는 행위를 수반한다는 것이다. 이는 시간의 흐름을
따라 세계내적 존재로서의 개별적 삶을 발견하려는 의
지와 관련되는 것일 터이다. 물론 이때 '시간'이란, 균일

하게 나뉜 물리적 단위가 아니라 삶에서 구체적으로 경험되고 인지되는 주관적인 것이다.

우인혜 시인은 내면이나 사물을 선명하게 재현하면서 이러한 주관적 시간 의식을 그 저류(底流)에 흐르게끔 한다. 자신의 경험 내부에서 파동 치는 시간을 통해 자신의 현재형을 고백하고 나아가 자신이 구축해 온 예술적 의장(意匠)까지 보여 주려는 것이다. 먼저 다음 작품을 읽어 보자.

안경을 곁에 두는 것은
이제 뵈지 않던 것을
봐 가며 살려 하기 때문이지

나이 들어 바로 뵈기 시작하는
젊은 날 나 아닌 것들

깊은 강물 속 숨어 흐르는 물살같이
오랜 삶 뒤에 찾아오는
무감각했던 느낌 따위들

무심코 걷다 밟아 으깨진

은행알에 대한 미안함

새벽녘 산책길에서 주운
한 움큼 밤톨에 대한 고마움

까맣게 탄 산등성이를
어느새 푸르게 덮어 버린
새순에 대한 대견함

햇살 한가로운 대웅전 앞뜰
네 다리 뻗고 잠들어 있는
누렁이에 대한 부러움

아버지 즐겨 드시던
부드러운 복숭아에 대한
한입 물씬 배어나는 그리움

눈 아닌 맘으로
따스하게 보듬을 수 있는
삶을 사랑하는 법 따위들

－「노안」 전문

이 은은한 감동의 작품은 '노안(老眼)'이라는 현상을 통해 발견한 시간의 역설적 힘에 대해 노래하고 있다. 사람들이 안경을 곁에 두는 것은 이제까지 보이지 않던 것을 보아 가며 살려는 뜻을 담고 있다. 나이 들어야 비로소 보이기 시작하는 "젊은 날"이나 "나 아닌 것들" 말이다. 시간은 강물 속 물살같이 고조곤히 흘러와 그동안 무감각했던 느낌들을 전해 준다.

그 세목은 '미안함 / 고마움 / 대견함 / 부러움 / 그리움'이다. 그 섬세한 정서의 결은 무심한 순간이거나, 작은 목숨들이거나, "아버지 즐겨 드시던 / 부드러운 복숭아" 같은 소소한 계기를 향한 것이다. 그 아름다운 느낌을 "눈 아닌 맘으로 / 따스하게 보듬을 수 있는" 순간을 시인은 '노안'의 형식으로 맞이한 것이다. 그리고 그것은 바로 "삶을 사랑하는 법"으로 승화해 갈 것이다.

이처럼 우인혜 시인은 역설적 인식과 표현으로 우리 삶을 새로운 가능성으로 읽어 내고 있다. "앞만 보고 달리지 말고 / 뒤를 바라보라는"(「백미러」) 역리(逆理)도 안아들이고, "좀 더 느리게 사는 법을 / 배워야"(「꽃샘추위」) 한다는 생각도 가지면서 말이다. 다음은 어떠한가.

앞서간 직장 선배
무탈 빌며 다가서던 경계선

그 한계선 넘어서면
세상 속 모든 권위들

오를수록 공허해지는
사실 닮은 허구인 걸

한세상 지나간 뒤
염을 마치듯
무념무상 스쳐 가는 미소

다 되었다 마치라는 말
안도감일까 후련함일까

소용돌이 가라앉히고
멍때리며 멈춰 있는 물

까맣게 잊어버린
지난밤 꿈처럼

담담히 흘려보내고
맑게 깨어 있는 물

이제는 자각몽처럼
꿈과 현실의 경계 어렴풋 알지

― 「정년퇴임 준비」 전문

　대학에서의 정년퇴임이란 오랜 시간과 인연 앞에 보
람과 고마움을 가지게 되는 사건일 것이다. 시인은 그
경계선 혹은 한계선을 넘어설 때, 마치 염을 마치듯 "무
념무상 스쳐 가는 미소"로 그 순간을 맞이할 일이라고
생각한다. 일견 안도감으로 일견 후련함으로 "소용돌이
가라앉히고" 안아들이는 그 시간, 시인은 까맣게 잊어
버린 지난밤 꿈처럼 흘러간 세월을 "맑게 깨어 있는 물"
처럼 불러들일 것이다. 마치 자각몽(自覺夢)처럼 알아
버린 "꿈과 현실의 경계"를 수납하면서 정년퇴임 준비
를 할 것이다.

　그렇게 우인혜 시인은 어느 면에서는 시간을 마치는
퇴임이지만 어느 면에서는 새로운 갱신의 시간이기도

할 순간을 예비하고 있다. 그 순간 "무언가 / 다시 살아 나는 기운"(「동해 일출」)으로 "철들어 나이답게 살아가 시라"(「쉰 아홉수」)는 속삭임이 들려올 것이다. 그리고 시인은 "이어지고 나아지는 / 삶의 길을 따라서"(「붉은 황톳길」) 새로운 걸음을 시작할 것이다.

이처럼 우인혜는 흘러온 시간을 따라 새롭게 세워 가 는 자신의 삶을 노래하는 현재형 시인이다. 세월을 따 라 배워 온 간절함을 담아, 그 간절함을 가능케 한 기억 의 원리를 노래한 것이다. 이는 언어 생성을 통해 존재 생성의 과정을 보여 주는 것과 다르지 않다. 당연히 시 간은 우인혜 시의 제일의적 수원(水源)이자, 시인으로 하여금 자신의 경험적 구체성을 견지하게끔 하는 원천 이 되어 준다. 그래서 우리는 그 아름다운 기억을 담은 시편들을 커다란 실감으로 읽게 된 것이다.

나아가 우리는 '노안 / 정년퇴임'이라는 제목이 남긴 시간의 흔적을 통해 시인의 삶을 가능하게 해 준 원형적 거소(居所)에 가닿게 되고, 자신의 기원으로 거슬러 올 라가려는 시인의 열망과 만나게 된다. 결국 우인혜 시 인은 생성과 소멸이라는 시간의 역설적 가능성을 통해, 우리 존재를 규정하는 시간의 경계들을 재구성하는 독 자적 시선을 보여 준 것이다.

3. 삶의 빛과 그늘에 대한 균형적인 미학적 헌사

그런가 하면 우인혜 시인은 이번 시집을 통해 인생론적 가치의 중요성과 더불어, 삶이란 앞으로 직진하는 것이 아니라 끊임없이 반추하는 과정에 있는 것임을 노래한다. 존재론적 외곽성과 주변성을 자임하면서 이 세상에 숨 쉴 만한 틈을 건네고 있는 것이다. 그 점에서 시인이 보여 주는 성찰성과 예술성의 결합 양식은, 앞으로도 그가 시를 지속적으로 써 갈 중요한 동력이 되어 줄 것이다.

그 주요한 동력은 이른바 '중용'의 지혜라고 할 만한 것인데, 말하자면 그것은 한결같이 근대적 삶의 효율성에 의해 사라져 가고 있지만 그 사라짐의 눈부심으로 하여 역설적으로 빛나는 어떤 것들을 포괄한다. 여기서 우리는 나아감과 물러섬, 채움과 비움, 빛과 그늘이 이루는 대칭과 조화의 힘에 대해 생각할 수 있는 계기를 얻게 된다.

가려진 데에는 다 이유가 있을 거야
굳이 이어질 인연이 아니었던 게지

함께 지냈던 추억들 드러내 보이려 해도
희뿌옇게 흐려진 이 세상에선

안개꽃 무수한 기쁨들마저
엷게 사방 천지로 흩어져 스러진 게지

보이지 않아도 없는 건 아니라고
믿으면 그대로 있을 수 있는 거라고

예지몽처럼 우리 다시 이어 보고 싶었지만
그리도 잊힌 듯 몰라보는 인연이라면

이제 나도 안개 속 세상으로 들어가
없던 일처럼 사는 수밖에

언젠가 아스라이 봄볕 따스한 날
안개 걷힌 듯 확연히 알아볼 수 있을까?

— 「전생 1 – 안개」 전문

'안개'는 무언가를 가리기도 하지만 무언가를 품기도

하는 이중적 속성을 견지한다. 시인은 서로가 안개로 가려진 까닭을 "굳이 이어질 인연이 아니었던" 데서 찾는다. 흐린 세상에서 함께 지냈던 추억이 있지만 그 기쁨은 어느새 흩어져 스러졌기 때문이다. 하지만 '보이지 않음'이 '없음'을 의미하는 것은 아니니, 서로의 믿음을 통해 '그대로 있음'은 얼마든지 가능할 것이 아닌가. 하지만 '예지몽(豫知夢)'처럼 그 인연을 다시 이어 보려 하지만 시인은 안개 속 세상에서 없던 일처럼 살아갈 수밖에 없을 것이다. 그러니 언젠가 아스라이 봄볕 따스한 날에 그 안개가 걷힌 듯 서로를 알아볼 가능성도 마음에 두는 것이다.

이처럼 시인은 안개에 가려진 인연을 긍정하면서도 안개 걷히면 새롭게 알아볼 순간을 넉넉하게 받아들이고 있다. "곳곳에 닿아 있는 / 귀인들 인연의 빛"(「놀듯이 쉬듯이」)을 재현하면서 "가장 미운 사람이 / 가장 고마운 사람"(「역보살이었군요!」)이기도 하다는 것을 알아 가고 "새로운 날 잘 살아 내기 위한 / 초월과 비움의 사랑"(「전생 2 ─ 일출을 바라보며」)도 천천히 배워 가는 것이다. 애잔하지만 융융한 균형적 자기 탐색의 열정이 거기에 흐르고 있다.

반쯤은 몸을 담그고
반은 빼내는 경지
그걸 중도라 하는 이도 있었지

가까운 사이여서 더욱
깊숙이 찔려 오는
옛날의 상처

때론 억울하기도 하고
때론 미운 마음 응어리져
온몸이 바스러지던 시절

따스한 욕조에 앉아
반쯤은 덜어 내고
반쯤은 도로 건지며

눈에서 나오는 물과
코에서 나오는 물을
두루두루 휘저어

용서라는 명약 빚어내고

망각의 불로초 키워 내며
온화하게 움터 오는 생명

양수에 담겨 있는 태아처럼
날마다 새롭게 길러지는
자궁 속 쉼터가 늘 곁에 있었지

– 「반신욕 예찬」 전문

'반신욕' 또한 '안개'처럼 반은 보이고 반은 가려진 상황을 은유하고 있다. 시인은 "반쯤은 몸을 담그고 / 반은 빼내는" 중도(中道)의 경지가 그 안에 있을 수 있다고 상상해 본다. 그것은 가까운 사이이기 때문에 더 "혯날의 상처"가 깊이 생겨나기도 하는 상황을 환기한다. 이제 따스한 욕조에서 반쯤 덜어 내고 반쯤 건지면서 시인은 "용서라는 명약"과 "망각의 불로초"를 빚고 키워 내게 된다. 그때 온화하게 움터 오는 생명이야말로 날마다 새롭게 길러지는 "자궁 속 쉼터"처럼 우리를 따스하게 감싸 줄 것이 아닌가.

그러니 '반신욕 예찬'이야말로 용서와 망각을 통해 가까운 이들이 준 상처를 치유하고 새로운 삶의 생명력

을 키워 가는 지혜를 칭송한 것이 되는 셈이다. 말할 것
도 없이, 그 지혜는 "미래 세상 열어 가는 / 에너지의 원
천"(「죽 이야기 – 자식들에게」)이 되며 "느려도 오래오
래 / 살아 내는 법"(「꽃샘추위」)을 우리에게 건넬 것이
다. "덜 삼키고 비울수록 / 더해지는 청정심"(「산중 수련
1 – 새벽달」)이 그렇게 생성되는 것임을 시인은 예지몽
처럼 알아 간 것이다.

이를테면 우인혜 시인은 개화의 아름다움과 낙화의
쓸쓸함을 동시에 포착하면서, 존재자의 생멸 과정에 대
해 또는 그것의 순환성에 대해 깊이 사유해 간다. 또한
시인의 언어는 스스로의 기원을 탐구하는 구심력과 세
계를 확장해 가려는 원심력 사이의 균형을 취해 간다.
그의 시는 또렷하고 심미적인 기억에 의해 조직되고 구
성된 예술적 기록이자 시인 자신이 겪어 온 삶의 빛과
그늘에 대한 균형적인 미학적 헌사이기도 하다. 시인
자신의 삶에 역동적 상상의 파동을 개입시키면서 나아
간 그 예술적 균형과 확장성에 크나큰 경의를 드리고자
한다.

4. 현실과 역사에서 발견하는 타자 공감의 시편들

우인혜 시인은 자신이 살아가는 동시대 현실이나 우리를 규율하는 역사의 무게에 대해서도 준열하고도 따스한 언어를 내보인다. 그는 그냥 지나칠 법한 존재자들을 통해 삶의 본질을 투시하고 잡아내는 노력을 보여 주는데, 이때 그는 현실과 역사의 순간을 통해 삶의 가치를 암시적으로 유추하는 작법을 지향해 간다. 이는 우인혜 시의 확장성을 보여 주는 뚜렷한 실례일 것이다.

이때 그는 뭇 존재자의 삶에 가라앉은 상실감과 치유 가능성을 은유적으로 품고 있을 때가 많은데, 아닌 게 아니라 시인은 우리가 망각하기 쉬운 현실과 역사의 한 순간을 통해 삶의 종요로운 비의(秘義)에 도달하고 있다. 현실과 역사 속에서 대상을 바라보고 해석해 가는 그의 심미안은, 이처럼 양도하기 어려운 그만의 고유한 지표로 각인되는 동시에 뭇 존재자들을 향한 한없는 사랑의 원질(原質)로 다가온다. 그 대상 한가운데에 동시대의 타자들을 향한 시인의 따뜻한 시선과 성정이 깃들이고 있다.

깐 굴 껍데기 속에서 꼬물대는
　아기 게가 보였어

　아빠는 접시 위에 건져진
　어린 생명의 안타까움에

　그 배에서 죽어 간
　어린 딸을 안주 삼아
　또 한 잔을 들이켰어

　배 타는 걸 두려워하는
　트라우마 생겼다면서도

　물 가까이에 새 터 일구고
　어린 딸 사진 침대 밑에 두고

　마음이 마음을
　보내지 못하고 있었어

　동지 팥죽 한 그릇 떠 놓고
　씻김굿하는 날

아빠는 매일 밤이
너무나 길었었다고

애써 감추었던 봇물이
파도처럼 들썩이고 있었어

밝은 낮이 더 길어지는 날
곧 볼 수 있을 거라고

마음에서 마음으로
위로하고 싶었어

- 「세월호 후 남겨진 아빠는 - 진도」 전문

벌써 10년 전 일이다. 진도 팽목항 근처 해안에서 일
어난 '세월호 사건'은 많은 이들에게 커다란 비극적 상
실감을 주었다. 이후 '남겨진 아빠'를 화자로 설정하여
시인은 그 상처를 한편으로 애도하고 한편으로 치유해
간다.

아이들이 떠난 진도 앞바다에서 아빠는 굴 껍데기 속
에서 꼬물대는 "아기 게"를 바라보고 있다. 그 어린 생

명에 대한 안타까움과 "물 가까이에 새 터 일구고 / 어린 딸 사진 침대 맡에" 두는 마음을 함께 보여 준 아빠는, 마음이 마음을 보내지 못한 순간을 애틋하고도 아름답게 보여 준 것이다. 동지 팥죽 한 그릇 떠 놓고 씻김굿하던 날, 아빠는 그동안 감추었던 봇물이 파도처럼 들썩이면서 어린 딸을 위로하고 싶었다고 고백한다.

마음이 마음에게 전하는 이러한 애도와 치유의 순간이야말로 우인혜 시인이 가진 가장 따뜻한 심장이 건네지는 찰나이기도 할 것이다. "어둠이 오면 / 어둠을 걸을 수밖에"(「그림자1 – 위안 삼을 일」) 없다지만 이처럼 시인은 "바다의 언어로 배운"(「용서와 사랑」) 무한 사랑을 노래하면서 "헌신과 사랑의 마음"(「있는 그대로」)을 스스로에게 각인하고 있다.

직접 겪진 않았지만
총알이 뚫고 나온
아버지 팔에서 흉터를 보았네

간접으로 경험한 거지만
이산가족 그리는
할머니 가슴속 한을 들었네

유일하게 전쟁을 겪지 않았다는
운 좋은 우리처럼
끼인 세대들

아들에게 보여 줄
총알 흔적도 없지만

딸에게 들려줄
헤어진 핏줄도 없지만

꼭 들려주고 싶은
말씀 하나 있네

잊지도 말고
더 있어도 안 될
종전이 아닌 정전 이야기

— 「한국 전쟁 이야기」 전문

시인은 총알이 자국이 난 아버지 팔 흉터에서 전쟁의

흔적을 보았고 이산가족을 그리시던 할머니의 한(恨)도 들었다. 전쟁을 겪지 않은 "끼인 세대"로서 아들딸에게 보여 줄 "총알 흔적"도 들려줄 "헤어진 핏줄"도 없지만, 시인에게는 그들에게 들려줄 말이 있다. 잊어서는 안 되고 다시 있어서도 안 될 "종전이 아닌 정전 이야기"가 그것이다.

'종전(終戰)'이란 전쟁의 완벽한 종료를 말하고, '정전 (停戰)'이란 당사국 합의에 의한 일시적 전쟁 중단, 곧 휴전(休戰)을 의미한다. 시인은 한국 전쟁이 정전 혹은 휴전 상태임을 환기하면서 종전에 대한 소망으로 자신의 마음을 옮겨 간다. 말하자면 "쉬는 전쟁을 / 끝난 전쟁으로"(「4 · 27 만남은 - 남북정상회담」) 이끌어 가야 정당하다는 것이다. 그것이야말로 "영원히 빛바래지 않을"(「백의종군길을 따라서」) 길임을 강조한다. 이는 우인혜 시인을 새롭게 보게끔 해 주는 역사의식으로 모자람이 없을 것이다.

이처럼 시인은 동시대 타자들의 고통과 견딤의 모습을 담아 간다. 그 안에는 삶의 외곽에서 그 나름의 삶을 이어 가는 이들에 대한 가없는 연민과 사랑이 있고, 육친적 교감에 가까운 친화력으로 우리에게 건네는 삶의 진정성이 있다. 타자들 사이로 퍼져 가는 연민과 사랑의 힘을 관찰하고 표현하면서 그는 그것들이 어떤 내적 연관성으로 존재한다는 것을 노래해 간다.

이때 내적 연관성이란 합리적 인과율에 의해 구성된 것이 아니라 시인의 따듯한 시선을 통해 구축된 상상적인 것일 터이다. 어찌 그들과 우리가 무관할 수 있으며 그들의 고통에 우리가 연루되지 않을 수 있을 것인가. 시인은 우리 역사의 한순간을 잡아내면서 그것의 정당한 명명과 규정을 암시해 감으로써, 모든 목숨들의 상호 의존성에 대한 발견 과정을 아름답게 반영하고 있다 할 것이다.

5. 존재론적 기원과 자신의 현재형에 대한 지극한 사랑

대체로 기억이란 지나간 시간을 감각적으로 재생시키는 운동이지만, 자신의 실존적 현재형을 힘겹고도 아름답게 지탱해 가는 어떤 기원(起源)으로 각인되기도 한다. 그래서 시인은 살아온 날들에 대한 회상을 담는 데 머물지 않고, 앞으로 살아갈 날들의 방향타 내지 지남(指南)을 설정하기도 한다. 우인혜 시인이 보여 주는 기억의 격조는 이렇게 과거와 현재, 주체와 대상, 현상과

본질, 삶과 죽음, 생성과 소멸의 경계를 지워 가면서 시학적 본령을 완성해 가는 역류 과정을 보여 준다.

여기서 시간을 역류한다는 것은 과거를 단순 복제하는 것이 아니라 지나온 시간을 원초적 형식으로 생성하면서 그것을 삶의 현재형과 연루시키는 것을 말한다. 시인은 이러한 기억의 원리를 통해 현실에서는 불가능한 상상적 존재 전환을 꾀해 간다. 거기에 대상을 안아들이고 스스로의 삶을 완성해 가려는 사랑의 힘이 숨 쉬고 있고 그 핵심에 존재론적 기원을 상상하는 힘이 자리 잡고 있다. 다음 작품을 한번 읽어 보자.

등 푸르게 펼쳐진
가을 하늘처럼
넓디넓은 아버지 등

그 등에 업히어
재잘거리던 시절에는
알지 못했었네

뜨거운 사막 위
모래바람 속에

홀로 짐을 지고 걷는
구부정한 등의 떨림

그것이 눈물 삼켜진
울음이었다는 걸

어른이 되어서야
알게 되었네

등 돌리는 이들에게
등 내주며 사는 법

등지고 살날들
등 맞대고 살아 내는 법

낙타의 혹처럼
굽은 등 안에는

단단한 눈물샘이
지혜처럼

몰래 숨겨져

있던 거였네

－「낙타 등 아버지」 전문

푸른 '등'으로 펼쳐진 가을 하늘과 아버지의 넓디넓은 '등'은 서로를 닮았다. 아버지 등에 업혀 재잘거리던 시절에는 "뜨거운 사막 위 / 모래바람 속에 // 홀로 짐을 지고 걷는" 구부정한 등의 떨림을 몰랐다. 그러다 그 떨림이 "눈물 삼켜진 / 울음"이었음을 나중에 알게 된 시인은 "등 돌리는 이들에게 / 등 내주며 사는 법"과 "등지고 살 날들 / 등 맞대고 살아 내는 법"을 아버지에게 배웠노라고 고백한다. 아버지의 "낙타의 혹처럼 / 굽은 등 안에" 지혜처럼 숨겨진 "단단한 눈물샘"이 그것을 가능하게 해 준 것이다.

이처럼 시인은 "듬직한 침묵으로 / 황금빛 풍광과 그늘을 나눠 주는"(「은행나무 가로수, 미안」) 아버지 품을 통해 "이루고픈 꿈에 매달려 / 평생 비바람 견디며"(「태백산 천제단 2 － 염원」) 살아온 시간을 회상하고 있다. 이러한 존재론적 기원에 대한 애잔한 기억이야말로 우인혜 시학의 본디 바탕이 아닐 것인가.

뜨겁게 샘솟는 물줄기로
오랜 세월 얽혀진 한(恨)을
치유해 주는 온천의 본고장!

내 우주의 중심이 된
아산에게 물어본다

오래전 여기 직장을 주고
이제 살 집까지 옮기게 한 이유를

선산 조상 묘도 이장하고
훗날 묻힐 터까지 마련케 한 이유를

너른 들판 뒤덮은 들풀의 생명력
틈새 피어난 풀꽃의 정교함을
눈앞에 펼쳐 주고 싶었을까?

황톳빛 농사꾼 자손들이
황금빛 흙 속에서
손수 거둬들인 햇작물의 순수!

땅을 일구며 소를 키우며 시를 쓰는
지인들의 그 맑은 마음을
삶으로 전해 주고 싶었을까?

충과 효의 저력이
동맥과 정맥처럼
나무뿌리마다 불거진 길과 길!

겹겹이 에워싸여 이어진
아산의 야산 길을 걸으며

순간순간 예상치 못한 일로 가득한
하루와 일 년에 대해 물어본다

미래와 연결되어 있는 아무도 모를
인연들에 대해서도 물어본다

아마도 결국은
결이 고운 이들과 지금 여기에서

하나 되는 사랑법을

알게 하는 것일 텐데

－「나 아산에서 살게 된 이유」 전문

이제 시인은 자신이 현재 살고 있는 아산(牙山)을 불러온다. 아산만으로 흘러드는 삽교천 안성천 하구에 인공호수 삽교호와 아산호가 있는 아름다운 도시 아산은, 뜨거운 물줄기로 오랜 한을 치유해 주는 온천의 본고장이기도 하다. 이제는 스스럼없이 우주의 중심이 되어 준 곳 아산에는 시인의 재직 대학이 있고 삶의 터가 있고 선산 조상 묘도 이장해 있고 훗날 묻힐 터까지 마련되어 있다.

그렇게 된 까닭을 두고 시인은 "들풀의 생명력 / 틈새 피어난 풀꽃의 정교함을 / 눈앞에" 펼쳐 주려는 뜻이 아니었을까 생각해 본다. 황톳빛 농사꾼이 황금빛 흙에서 작물을 거두고 "땅을 일구며 소를 키우며 시를 쓰는 / 지인들의 그 맑은 마음"을 전해 주려는 뜻도 있었으리라. 아마 "미래와 연결되어 있는 아무도 모를 / 인연들"도 이곳에서 시인이 만난 자산이었을 것이다. 그러니 시인의 시법(詩法)은 "결이 고운 이들과 지금 여기에서 // 하나 되는 사랑법"으로 번져 가고 있는 것이다.

그렇게 시인이 "아산에서 살게 된 이유"는 또렷하고 아름답게 건네져 온다. 오랜 "유적지와의 대화"(「로마를 다녀와서」) 같기도 했을 이러한 아산에서의 삶은 그에게 "반짝이는 아침 햇살을 뚫고 / 눈부시게 날아오르는 / 힘찬 생명들의 날갯짓"(「이제는 더 이상」)을 암시하면서 "우주와 내가 하나 되는 순간"(「산중수련 2 - 화천 숲 풍경」)까지 허락하였을 것이다.

본래 서정시의 목표는 시인 자신의 절절한 자기 확인 욕망에 있다. 그것이 나르시시즘 차원이든, 자기 성찰 차원이든, 서정시의 초점이 시인 자신의 자기 확인 욕망에 있음은 재론할 여지가 없다. 물론 주체와 대상 사이의 날카로운 균열 양상을 포착하는 '아이러니'나 '반(反)동일성'의 미학이 늘어나고는 있지만, 아직도 서정시의 이러한 회귀적 속성은 전혀 그 비중이 줄어들지 않는다.

이러한 회귀적 속성이 서정시의 기본적이고 궁극적인 속성임에 비추어, 우리는 우인혜 시인이 수행하는 존재론적 기원과 '지금-이곳'에 대한 지극한 사랑과 순수한 자긍이야말로 서정시의 가장 중요한 성찰의 원리로서 제격일 것이라고 판단해 본다. 또한 우리는 그 성찰의 힘으로 다시 삶에 활력을 불어넣는 우인혜 시의 확장 과정 또한 위축되지 않을 것이라고 믿게 된다.

지금까지 천천히 읽어 왔듯이, 우인혜의 근작(近作)은 '시간'이야말로 인간의 삶을 채우고 의미화하는 가장 직접적이고 중요한 형식임을 알려 준다. 그래서인지 그의 시적 내질(內質)은 시간을 해석하고 판단하는 내면 파동으로 꾸준히 구현된다. 그것이 미학적 고투를 수반하는 것이든, 사유의 방식을 갱신하는 것이든, 시인은 서정시에 대한 메타적 고민을 지속적으로 실천해 간다. 이때 우리는 서정시가 근대 자본주의 원리의 대척점에서 발원하는 것임을 절감하게 된다. 우인혜의 이번 시집은 이러한 대안적 의제에 충실한 성과를 거두었다고 할 수 있을 것이다.

우리는 이번 시집을 통해 활달하게 점화하는 서정의 정점이 우인혜 시의 실질적 내용이자 형식임을 알게 된다. 그 점에서 그의 시는 섬세한 기억의 원리에 충실하면서 그것이 서정시의 불가피한 존재증명 과정임을 증언한 예술적 성과로 남을 것이다. 기억에 깃들인 대상을 선연하게 재현하면서 그것을 사랑의 에너지로 다독여 간 그의 시는 이처럼 우리에게 지극한 위안과 성찰의 시간을 허락해 준다. 독자들은 그의 시를 통해 존재론적 소외를 견디고 스스로의 삶을 돌아볼 수 있을 것이다.

　지극한 성찰의 언어를 이토록 깊고 넓게 담아낸 이번 시집 출간을 축하드리면서, 깊은 곳에서 울려 오는 강물 소리처럼 시인의 목소리가 더욱 심미적인 언어로 발화되기를 바라마지 않는다. 또한 결이 고운 이들과 하나 되는 시인의 사랑법이 우리 서정시의 미학을 한 차원 더 아름답게 개척해 가기를, 마음 깊이 희원해 본다.